KB003102

글벗시선 192 이지아 첫 시집

오봉산 아가씨

이지아 시집

첫 시집을 출간하며

꽃 피는 봄에 기쁜 소식, 처음 시집을 내다보니 감회가 새롭네요. 어린 시절부터 시인이 되고 싶어 신춘문예 등에 도전했었지요.
시인의 길 갈수록 태산이라 생각하지 못했는데 지인의 소개로 늦깍이 학생이 되었어요.
도전이란 두 글자 가슴 속에 품고 시, 동시, 시조, 수필, 소설, 그리고 평론까지...
부족한 글을 심사하여 등단시켜 주시고 시집을 세상 밖으로 나올 수 있게 도와주신 고마운 분들이 계십니다.
글벗 최봉희 회장님을 비롯하여 수 많은 시인님들께 감사의 인사를 드립니다
문학 활동 열심히 하는 예쁜 시인의 모습으로
멋진 시를 적으며 조용히 살아가겠습니다

- 2023년 봄날에 저자 柔炡 이지아

차 례

제1부 봄을 기다리며

제2부 당신의 사랑

제3부 비 내리는 종착지

제4부 연리지 사랑

제5부 청송 한 그루

제6부 첫 느낌

제1부

봄을 기다리며

봄 처녀 만나는 날

눈보라 속에서
방울방울 맺힌 핑크 천사

힘겨운 겨울 이기고
당당히 피었구나

손대면 터질 것 같은
봄 처녀 설렌 가슴

연분홍색 사랑이
아롱아롱 맺혔네

아름다운 너를
사랑해도 되겠니

봄의 산책

찬바람이 옷깃을 스치면
바람과 구름이 함께 걷는다

울부짖는 갈대의 통곡 소리
여울목에 흰 머리를 풀어 놓는다

낙엽길 바스락 걷다 보면
하늘은 설렘으로 가슴을 연다

윤슬은 햇살에 살며시 미소 짓고
팔 벌린 봄바람은 나를 반긴다

바람 타고 코끝에 스치는 봄 내음
물오른 새싹도 기지개 편다

봄아, 어서 오너라
반갑게 팔 벌려 가슴에 품는다

봄을 기다리며

앙상한 가지 끝에
물오른 새싹 물결
가슴에 차오르는
숨소리 들려온다
졸졸졸 계곡 물소리
노래하며 흐르네

늦겨울 추위 이긴
하늘의 빛난 빛살
살얼음 사이사이
봄버들 춤을 춘다
꽃소식 기다린다오
두근두근 뜨겁네

인연

파아란 하늘 향해
불어오는 잎샘 바람

양지 녘 언덕 위에
살포시 그린 그림

수 없이
가슴에 새긴
무지갯빛 사연들

예쁘게 수놓은 꿈
핑크빛 사랑으로

우연히 만난 운명
숙명의 인연 되어

소중한
그리움으로
가슴 속에 물들다

마지막 잎새 1

한 시절 푸르던 잎
어느새 낙엽 지고
매서운 찬바람에
행여나 떨어질까
가슴을 쓸어내리며
애간장이 탄다네

기나긴 겨울밤에
스치는 잎새 하나
가지에 대롱대롱
외로이 매달린 꿈
이별을 아쉬워하며
푸른 추억 잠기네

꽃사슴

사방이
산으로 둘러싸인

황금빛 노을 물드는
넓은 언덕에

예쁘고 귀엽고
사랑스러운

길 잃은
애기 꽃사슴 한 마리

어미를 찾아
여기저기 떠돌다 슬퍼

큰 두 눈에
이슬이 맺혀있고

슬픔도 잠시 잊은 채

넓은

푸른 초원이 자기집인 듯

여기저기
뛰어노는 예쁜모습
사랑스러움 가슴에 남았네

설레는 마음
영원히 잊지못할 추억
행복으로 흐르네

봄 I

산기슭 여기저기
잔설이 남아있고

파란 하늘에
불어주는 잎샘 바람
산골짜기
양지바른 언덕 위에

쭉쭉 뻗은 흰 나무껍질
자작나무 숲에
자태를 뽐내듯
나란히 줄지어 서 있고

굽이마다
돌고 돌아
예쁜 오솔길엔
진달래 개나리 웃으며
나를 반기네

하늘에 한 조각
그림 같은 무지갯빛

살포시 깔아두고

산 중턱
바위틈 사이에
새싹들이
신선한 초록으로
예쁘게 수를 놓으며
방긋방긋 웃는다

아지랑이
실려 오는
봄바람에 피어나는
꽃들의 향연

지난날 옛 추억에
그리움이 물드는 봄

빛나는 별 유관순

꽃다운 이팔청춘
소녀 나이 18세
가슴 속에 타 오르는
뜨거운 불길
그 누가 막으리오

민족의 조화와
발전을 위해
조국 독립을 위해
힘든 세월 속에
활짝 피어 보지 못한 채
죽음 앞에서
꿋꿋하고 당당하게 피어난
어여쁜 꽃 한 송이

한목숨 희생하여
수많은 이들의 가슴에
불 밝히는 그 열정
뜨거워라 숭고하도다
그 정성 더 높아라

대한 독립 만세를
외치는 그 당당함
떨어진 꽃잎은 여리지만
세상을 밝히는
빛나는 별이었구나

하늘에 눈부신 별
영원히 빛나는 사랑
그 명성 더 높아라

백설화

눈송이 꽃잎처럼
살포시 내려앉아
앙상한 가지 위에
새하얀 송이송이
그대는 하늘 선녀여
그 이름은 백설화

꿈속에 나타나서
내 마음 훔쳐 가던
사뿐히 훨훨 나는
하얀색 하늘 천사
그녀는 백설공주여
아름다운 내 사랑

가을 편지

빨간 단풍이
어우러지는
고운 빛깔
노오란 국화꽃 향기

그윽한 가을 들녘
스치는 바람 소리
고운 선율 따라
그리움 하나

불어오는
실바람 벗 삼아
앙상한 가지에
대롱대롱
매달린 예쁜 은행잎
고운 사연 적어서
편지를 쓴다

저녁노을 은은하게
물들어 가는 서쪽 하늘에
황혼빛에 물든다

나의 하루

형형색색
아름다운 꽃길 따라
송이송이 흩날리는
꽃비를 맞는다

곳곳에 꽃으로
수놓은 세상은
온통 봄빛이다

설레는 마음 가득
꽃처럼 활짝 피어난 나들잇길

햇살은 물을 만나
윤슬처럼 빛난다
맨발로 마중 나와
포근히 감싸 안는다

나도 윙크하며 함께 웃는다
내리는 꽃비는
사랑을 그린다 행복으로
가슴 설레는 나의 하루

늦가을 풍경

담벼락 매달린 채
빛바랜 가을 낙엽

세월이 서글픈가
가슴은 멍울지다

그리움
바람결 따라
추억으로 물들다

홍엽

찬 서리 맞으면서
걸어온 긴긴 세월
비바람 모진 풍파
견디며 살았구나
꽃보다 아름답도다
붉게 물든 그 자태

잎들은 한잎 두잎
바람에 떨어지면
앙상한 가지마다
사연만 남는구나
세월은 속절없도다
낙엽 되어 밟히네

꽈리나무

회색 담장을 타고
담쟁이 사이로 피어오르는
주황색 주머니 속에
가득 담긴 수많은 사랑 이야기

살며시 가슴 설렘으로 다가와
오늘도 그대를 생각하며
불어오는 바람결에 내 마음 실어
그리움의 향기를 띄웁니다

시골집

파아란 하늘빛에
먹구름 한 몸인 듯
떠나는 여행길에
어둠이 찾아오네
길 잃어
오가지 못해
망설이는 나그네

눈부신 가로등이
웃으며 반겨주네
사랑이 깃든 행복
시골집 달려가네
그리운
나의 고향집
어둠 뚫고 달리네

겨울 세상

하늘에 눈꽃 송이
사뿐히 내려앉고
지붕 위 온 세상이
백설로 가득하네
춤추는 흰 눈꽃 송이
마당 쓰는 어머니

추운 줄 모르고
눈사람 만든 동심
백설로 물든 세상
하늘도 축복하네
어머니 보고 싶어요
그리움이 물드네

떡볶이

아가의 살결처럼
예쁘고 매끄러운
속살에 붉은 화장
모습이 참 예쁘다
내 마음 자꾸 설레는
새콤달콤 칼칼한 맛

매콤한 매력 속에
헤어날 줄 모르고
그리움 하 그리워
눈물로 헤매었네
가슴이 그대를 찾아
불러보는 그 이름

기다리는 임 소식

저 푸른 초원 위에
발길이 향하는 곳
앉아서 바라봐도
온종일 소식 없네
슬퍼요
울리지 않는
임의 사랑 무소식

내 마음 깊은 곳에
옹달샘 맑은 물이
퐁퐁퐁 솟아나도
아무도 오지 않네
목마른
사슴 한 마리
그리움을 마신다

제2부

당신의 사랑

입 벌린 명태

투박한 살결 안에
촉촉이 스며드는
뽀오얀 흰 살 명태
간장에 못 이겨서
흰 살이 야들야들한
술안주로 맛있네

찬 겨울 엄동설한
추위에 질려버려
비트는 아우성에
입 벌린 슬픈 운명
자기 몸 희생하면서
빨간 양념 바른다

새싹 웃음

쌀쌀한 바람결에
스치는 잎새 하나

기나긴 겨울밤에
서러워 울더니만

가지에
파릇파릇한
새싹들이 웃는다

겨울 노래

앙상한 가지 끝에
물오른 새싹들의

숨소리 들리는 듯
가슴에 차오르고

계곡 틈
연초록 빛깔
노래하는 물소리

태양이 따사롭게
빛나는 엄동설한

살얼음 사이사이
춤추는 수양버들

봄소식
오시기만을
기다리는 겨울날

당신의 사랑

언제나 꿈과 희망
당신은 나의 운명

들녘에 햇살 같은
따뜻한 우리 사랑

당신의
그 사랑 있어
살맛 나는 이 세상

소릿길 따라

새소리 물소리 바람 소리
들리는 나의 고향
따뜻하고 포근한 어머니 같아라

품속 같은 큰 바위에 걸터앉아
찬란한 태양이
영롱한 물속에서 얼굴을 쏙 내밀다

맑은 물속에 보이는 얼굴
거울 속에 비친 내 모습
그저 행복하여라

초록으로 물든 이끼
돌멩이 사이 줄지어 다니는
물고기 떼는 분주하다

소릿길 따라 걷는 삶
삶의 희망이고 보람이려나

꽃사슴 2

사방이 산으로 둘러싸인 곳
하늘도 채 보이지 않는
인적 드문 깊은 산속
녹음이 우거진 산속에
두 귀를 쫑긋 세우고

마중 나온 듯한 꽃사슴 한 마리
목이 말라 옹달샘을 찾는지
무엇을 찾아 헤매는 건지

금방이라도 왕방울만 한
예쁜 두 눈에서 눈물이
뚝뚝 떨어질 것만 같다

그 안타까운 모습을 지켜보는
내 눈에도 이슬이 맺힌다

해는 서산으로 뉘엿뉘엿 저물어가고
어둠이 찾아와 갈 곳 잃은 사슴
어디로 떠나버렸는지
지금도 궁금하다
보고 싶은 꽃사슴

소중한 인연

부모는 자녀들의
처음을 마주하고
자녀는 부모님이
마지막 지키지요
인생은 만남과 이별
가슴 아픈 이야기

어머니 뱃속에서
탯줄을 끊고 나와
자식과 부모 되어
잘살아 가는 우리
귀하고 소중한 인연
사랑하고 아끼리

세상에 없어서는
안 되는 피 나누다
부모는 자식에게
소중한 빛과 소금
자녀는 내 부모님께
희망이고 꿈이지

자판기 커피

딸가닥
동전 먹고 뱉어낸
자판기 커피
솔솔 피어오르는
갈색빛의 그리움

그대를 만지니
손끝이 따뜻해지고
온몸의
전율이 흐른다
그대의 향기에 취해
행복감에 젖어
설렘이고 코끝이 찡
오늘도
그대를 찾는다
내 사랑 커피

양파

벗겨도
또 벗겨도
까고 또 까보아도

저 끝이
안 보여요
숨길 것 많은가 봐

비밀이
많은가 봐요
꼭 내 친구 같아요

어느 시골집 풍경

사계절이
아름다운 산기슭에
녹음이 짙어가는
계곡 사이로
맑은 물이 졸졸 흐르고

언덕 위에
파란 대문이 있는 집
마당이 있는 울타리
작은 꽃밭에
이름 모를 꽃들의 잔치

벽을 타고
올라가는
담장이와 담쟁이는
누가 누가 높이 오르나
경주를 하듯 타 올라가고

예쁜 새들도
놀러 와 노래 부르고
마당에 큰 개 한 마리 졸고 있다

엄마 닭과 병아리

숨바꼭질하느라고
삐악삐악 분주하게
찾아다닌다

소 마구간
예쁜 소는 여물을 먹으며
큰 눈만 깜박깜박

하루 종일
해만 바라보던
해바라기는
저무는 해를 보며
하루가 아쉬운 듯
짧은 여운을 남기고
서산에 기울어가는
저녁노을을 바라본다

주인은
또 다른 내일을
꿈꾸며
곤히 잠이 든다

이팝나무 아래서

긴긴 세월 속에
기다리고 기다리던
고목 가지 끝에
여기저기

몽실몽실 주렁주렁
매달린 이팝나무

꽃들의 향연 속에
백설로 활짝 핀
아름다움 자랑하고

지나가던 바람의
질투로 흔들고 또 흔드니
꽃잎이 어지러이 떨어지네

이파리 간지럽히면
수줍고 부끄러워
고개를 살짝 들고
파란 하늘을 바라보네

구름 한 점 없는
하늘 아래
외롭게 덩그러니 서 있는
이팝나무 그늘 아래

아직도 꽃비가 내리는
아름다운 그 풍경

아, 그리운 추억
가득 찬 행복
그리움으로 물드네

내 사랑 멋쟁이

생각만 해도
바라만 봐도
좋은 사람아

까르르
웃을 때는
너무 멋진 당신

오로지
당신뿐인
내 마음 몰라주고

철없는 아이처럼
사랑의 조약돌만
던지는 사람아

당신을 알고
사랑을 알고
그리움도 알았네

나에겐 오로지

당신뿐인데

이러면 저러고
저러면 이러고
뽀드득거리는
당신이 미워 죽겠어

그런
내 마음 몰라주지만

보고 또 봐도
보고 싶은
당신은 내 사랑
행복하게 살아봅시다

봄 사랑

밝은 세상은
은빛으로 반짝반짝
빛나는 꿈결 같은 사랑

산과 들
온통 오색 빛깔로
예쁘게 수를 놓으며

꽃 천국으로
아름답게 물들어 가고

넓은 벌판에서
살랑살랑 불어오는
봄바람에
떨어지는 예쁜 꽃잎들

꽃비가 되어
풀잎에
살포시 내려앉아
그림자까지 깨우며

따뜻한 이불 되어
포근하게 감싸주고

계절의 위대함이
살아가는 의미를
일깨워 주누나

그리운 임 소식

여백에
채워지지 않는
하얀 그리움 되어
가슴에 남아있네

인생길

인생사 새옹지마
음과 양 있는 세상
부조화 속에 조화
무질서 속에 질서
그 속에 잘 살아가는
세상 사는 이야기

꽃길이 있다지만
가시밭길도 있네
자라난 환경들이
제각기 다른 사람
만나서 잘 살아가는
우리들의 인생길

봄봄

봄의 조각들이
푸른 초원에 살며시 내려앉으니
새싹들도 고개 들고
두 눈을 비비네

기지개를 활짝 켜고
마중 나와 반겨주네

돌 틈 사이에 돌나물도
반기며 눈웃음 짓고
다정하게 속삭이네

봄기운 마중 나온
아지랑이 하늘하늘
계곡에는 맑은 물
해맑은 웃음소리
연둣빛 축축 늘어진
수양버들
바람에 흔들흔들

생기가 돋아나듯
아름다움 가득한 봄봄

나의 아버지

아름다운 장미꽃
붉은 놀 닮았어라

산 너머 내 고향에
서산에 지는 노을

별 되신
우리 아버지
눈물 나게 그립다

꽃들의 향연

붉은 노을빛에
물드는 수줍은 소녀
봄바람에 살랑살랑
휘날리는 꽃잎 아씨

새하얀 무꽃 송이
노란 유채꽃 애기 씨
옹기종기 모여든
꽃들의 향연

들판 가득히 잔잔하게
들려오는 꽃들의 웃음소리
다닥다닥 귓전을 두드리네

이름 모를 꽃들도
놀러 와서 노래 부르니
멀리 해님의 웃음소리 들리네

선인장처럼

예쁜 천년초 멋!
자신을 지키기 위해
돋아난 가시인가

하나의 꽃을 피우기 위해
오랜 세월 뙤약볕에
몸을 지키는가

아름다운 꽃을 피우듯
우리네 삶이 모진 풍파
어려운 역경을 이겨내는
가지각색으로 살아가네

살다 보면
억울한 일도 있고
가슴 아파 울기도 하지

행복이 별거인가요
웃으면 행복이지
잠시 머물다 가는
인생살이

비우고 채우면서
상처를 남기지 말고

아낌없이 주는
선인장처럼

흐르는 물처럼
즐겁게 살아가 보자

행복 나무

당당하게 선 그대
이름은 행복 나무

이슬 방울방울 맺힌
화살처럼 쭉쭉 뻗은
초록 잎새들

비바람이 몰아쳐도
꿋꿋하게 서서
당당하게 주렁주렁
매달려 있네

그대 얼굴
흘러내리는
눈물로 세수를 하고
하염없이 울고 있구나

빛나는 싱그러움
머금고
톡톡 터지는
풍성한 과즙들의 속삭임

노란 주머니 속에
알알이 맺힌 사랑이어라

지금은 그리움 되어
사무치게 그립구나

그대를 생각하며
가슴 설레고
행복으로 가슴을 적신다

때가 되면 만날 수 있겠지
왜, 사랑하니까

만날 날을 생각하며
벌써부터 기다림으로
입가에 야릇한 미소가 번진다

철학

운명이란
처음부터 타고나는 것

태어나 처음으로
철학이란 단어
삶과 죽음 앞에 몇 날 며칠
천국과 지옥을 넘나드네

말 한마디에 사람을 죽이고
살리는 중압감 눌려
가슴이 터질 듯한
공포감에 시달리네

애써 잊으려고
발버둥 치고 있는 나날들
꼭 이루어질 것 같은
불안하고 초조하네
무섭고 두려운 느낌
진짜가 아니길 바라네

잡을 수 없이

이리저리 흔들리는 마음
잠재우려고 애쓰네

자신이 바보 같은데
자식이기에
지금은 천사가 되어버린
세 살 어린아이 같은
사랑스러운 우리 어머니

그날은 아무 탈 없기를
간절히 기도하네
태평무사 주님께
두 손을 모아 빌고 빌어 본다

제3부

비 내리는 종착지

핑크빛 사랑

눈부신 햇살 아래
곱디고운 절세미인

핑크빛으로 물든
꼬까옷 갈아입고
봄나들이 나왔네

산들산들 부는 바람에
휘어지는 가녀린 허리춤에
바람이 지나간 자리

해님이
활짝 웃으며 다가와
사랑한다고 속삭이네

봄 처녀 콩닥콩닥 뛰는 가슴
연기처럼 불타오르네

애꽃은 가슴
핑크빛 그리움 되어
꽃물결처럼 여울지고
가슴에는 사랑꽃이 핀다

홍매화

아지랑이 너울너울
춤추는 봄날
핏빛 사랑스러운 홍매화
꽃망울 톡톡 터트리네

곱디고운
애기 씨 같은 고운 자태
싱그러움 머금네

웃음꽃 피우며
새록새록 솟아나는
한 조각 그리움이어라

솔솔 부는 봄바람에
그윽한 향기 날리네

상큼한 그 향기 맞으며
시인은 마음을 걸어두고
잔잔한 미소를 띄우네

소나무

푸른 소나무
적송의 고고한 자태
사시사철 푸르네

늘 한 자리에 서서
비가 오나 눈이 오나
태풍이 불어도 변함없이
초록 초록빛 싱그러움으로
푸른 가슴을 내어주네

발길 닿는 곳마다
연둣빛 그리움으로 물들고
메마른 대지는 목마른
그리움으로 타들어 가네
하늘이 슬프게 울고 있네

물오른 솔잎은 좋아서
부는 바람에 흔들리네

뚝뚝 떨어지는 눈물 머금고
싱그러움으로 변하고
멋지게 서 있네

봄 2

가지에 해님이 머무는 자리
비둘기들이 놀러 와 속삭이며
담소를 나누며 시간 가는 줄 모르네

재미있느냐고 물어보니
웃으며 반기고 미소 짓네
가로수 사이로 새싹들이
말을 걸어오네

만나서 반갑다고 기쁘다고
땅속에 흙내음 향기롭지만
밝은 세상 보고 싶어서
귀한 발걸음 재촉하네

세상에 수많은 것 많지만
꽃 피는 봄이 정말 좋아서
따뜻하고 시원한 바람이 좋아서
아장아장 걸어 나왔다네

그리움

가던 길 멈추고
돌아서서 그리움 안고
또다시 찾아갔네
나를 만나 행복했고
너를 만나 즐거웠지
인연인 줄 알았는데
누구의 잘못 없이
우린 헤어졌네

돌아선 그대와 나
이제는 남이 되었고
지금은 어느 임의
품에서 무얼 하며
어떻게 살고 있는지
너의 모습 보고 싶구나
두 번 다시 만날 수 없어도
꼭 행복해야 해
잘 살아야 해

인생 1

인생길 험한 길에
우여곡절 많고 많지만
시련이 밀려와도
나는, 나는 두렵지 않아
살다 보면 해 뜰 날이 올 테니

이제는 아무것도 생각을 말자
빈손으로 왔다가 빈손으로
가는 것이 인생인 것을
이래도 한세상 저래도 한평생
노래에 인생 걸고 멋지게
아주 멋지게 살아갑시다

고운 인연

꽃비가 내리는
그날에~~~
소릿길 언덕에
마주 앉아서
서로 눈과 미소
마주 보며 어느새
마음 설렘이었지

저 하늘의 별이라도
저 하늘의 달이라도
따 준다고 약속하며
사랑을 주고받았지
사랑할 때 행복했고
즐거웠던 두 사람
고운 인연이기에
기쁠 때나 슬플 때나
함께하면서
검은 머리 백설이 내려도
오순도순 살아가 보자

바다 !

해 질 녘
노을이 붉게 물들어
가는 바다

하늘과 맞닿은 수평선
저 멀리
어둠이 살짝 내리고
밤의 적막을 알려주려는
등댓불 밝혀지는

백사장 모래밭에
철썩이는
파도의 속삭임
입맞춤하고 떠나가네

그 느낌
봄날이 좋아서
하얀 거품을
내뿜고

여운을 남기고

미소 지으며
저 멀리 떠다니는
파도의 노랫소리

물 위에 떠다니는
고기들의 사랑 이야기
그리고 가쁜 숨결

그리움이 머무는 자리
그곳에 또다시 가고 싶다

파도 따라 밀려오고
떠다니는 내 사랑 이야기
다시 듣고 싶은 봄날
그곳이 그리워지네

봄소식

겨울의 끝자락에
선 등나무 아래

언제나 그 자리에 서서
봄소식을 알려주듯
반짝반짝 빛나고 있네

햇살이
머무는 가지 위에

새 두 마리
다정하게 지저귀고

봄날을 구경하러
고개 내민
새싹들
기지개를 켜네

먼 산엔
아지랑이 피어나고
해님도 따사한

미소 지으며
나에게 윙크하고

파릇파릇한
싱그러움으로 피어나는
초롱초롱한 눈빛에 실려

눈길 닿는 곳마다
행복으로 다가오네

눈꽃 송이 편지

앙상한 가지 끝에 매달린
하얀 눈꽃 송이

날리듯
스쳐 지나가는
그 임을 찾아
굽이굽이
정처 없이 흘러가니
하얀 눈 세상
이름 모를 미로 속에 다다르고

세찬 바람 소리에
내 마음 묻어두고

눈 꽃송이로
고운 사연 적어 띄운 편지

창밖에 하늘은
지친 몸 내 마음 아는 듯
훨훨 날려
눈꽃 송이 뿌려주네

빗물

사시사철
빗물 머금고
서 있는
늘 푸른 소나무

초롱초롱 빛나는
눈빛으로 살며시
가슴을 내어주고

발길 닿는
곳마다
싱그러운 연둣빛
그리움

솔잎에
맺힌 빗방울
햇볕에
찬란하게 빛난다

아침 산책

마지막 길에
겨울 찬바람
옷깃을 스치고
바람과 구름이
스쳐 지나가는 거리

여울에는
흰머리 풀어놓고
울부짖는 갈대들의
통곡 소리 들려오네

하늘은
화창한데
바스락거리는
낙엽을 밟으며
행복감에 젖어

햇살에 빛나는 윤슬
살며시 미소 짓는다

나를 반기며

두 팔 벌려 맞는
봄바람에

실려 오는
봄 내음은
코끝에 스치고

물오른
봄 새싹들
기지개를 켜고
어서 오라고
봄이 손짓하네

마지막 잎새 2

한 시절 푸르던 잎
어느새 낙엽 지고
매서운 찬바람에
행여나 떨어질까
가슴을 쓸어내리며
애간장이 녹는다

기나긴 겨울밤에
스치는 잎새 하나
가지에 대롱대롱
외로이 매달린 꿈
이별을 아쉬워하며
푸른 추억 잠기네

코로나

코로나 나온 지가 삼 년이 지났는데
세 살이 되었으면 혼자서 하늘나라
달려가 살기나 해라 미우니까 가거라

여름에 살기 좋은 너희들 고향 찾아
휴가를 가려무나 그것이 너희 좋아
머리가 지끈지끈해 아픔 없이 자거라

여름엔 뙤약볕에 목살이 부르터도
겨울엔 추워져도 코로나 가는 것이
우리의 소원인 것을 알았으니 꺼져라

빨간 사과

엄마가 시장에서
사과를 사오셨네
빨갛게 익은 이름
그 이름 홍옥이네
그 얼굴
아름다워요
나를 찾아 주세요

홍옥이 만나던 날
노오란 부끄러움
하나에 취해보니
어여쁜 공주일세
하나를
더 찾아보니
사로잡힌 내 마음

향수를 뿌렸나 봐요
새콤달콤 맛있네

코로나

무서워 무서워요
세균이 무서워요

코로나 조심해서
걸리지 않게 해요
세상이 아파해요

깨끗이 손을 씻고
마스크 꼭 해야 해요

그래서 건강해야만
마스크 안 쓰는 세상
빨리 온다고 합니다

비 내리는 종착지

한없이 가고 싶어도
머무는
종착지는 하나

백일홍 활짝 필 때
실바람 타고
그날은 오시려나

하루해는
저물어가고
어제처럼 애타게
기다리는데
어이해 못 오시나

저 강 너머에
외 등불만 깜박깜박
비 내리는 나의 종착지

아카시아꽃

눈처럼 피어나듯
활짝 핀 아름다움

마음에 은은하게
다가온 꿈결처럼

두 귀를
간지럽히는
하얀 천사 속삭임

바람이 전해주는
그리운 임의 향기

쓸쓸한 내 가슴에
말없이 흘러가네

오늘도
바람이 불어
구름 따라 흐른다

나 콩콩

가랑비가 내리는 날
따뜻한 찻잔에
그리움을 태우며
누가 볼까 봐 겁이 나
사랑은 그리움인가 봐

눈 감아도 보고싶고
눈을 뜨면 더욱 생각나네
깊은 밤 하늘 보니
내 임은 반짝이는
샛별이 되었네
샛별은 내 마음 알까

나는 그대 생각에
잠 못 이루고
시간은 자정으로 흘러간다

핸드폰 갤러리에
숨어 있는 그대 얼굴
볼수록 웃음이 흐르네
휴대폰 속에 있지 말고

내 곁에 있어 줘요

오늘도
그대 생각에
글을 썼다가 지우는
예쁜 사연
천 마리 종이학 접어
그대에게 보냅니다

수국꽃

행복이
주렁주렁
몽실몽실 다닥다닥
하얀 복주머니
가슴에 매달고

수많은
이야기꽃 피우는
싱그럽고
탐스러운 아름다움

팝콘처럼
톡톡 터지는
멋진 모습
바라보며

하얀 여백에
예쁜 수를 놓으며
행복함에 물든다

제4부

연리지 사랑

연리지 사랑

매일 아침 눈을 뜨면
곁을 지켜주는 남편 나무
천생연분 축복입니다

언제나 사랑스러운
당신의 눈빛은
마음의 등대
다정한 미소는
활력소가 되고

보고 있어도
보고 싶은 당신
정말 고맙습니다
당신을 만나서 기쁘고
한없이 행복합니다

수많은 세월이 흘러
고목이 되어도
늘 서로 곁을 지켜주며
백년해로 소망합니다

어머니

부지깽이 옆에 두고
아궁이 군불 지펴
가마솥에 밥을 짓던 어머니

찬물에 꽁보리밥 말아
된장에 풋고추 쿡 찍어서
한술 뜨시던 어머니

못난 자식 잘되라고
동트는 새벽이면
정화수 떠 놓고 간절히 비시던
어머니 생각에 흐느껴 웁니다

한평생을 자식을 위해
고생하신 어머니
다정하신 눈가에 새겨진 주름
세월의 훈장처럼 남았습니다

그때는 몰랐습니다
자식 낳아 키워보면 알 거라는
어머니가 들려주던 그 이야기

이제는 알 것 같습니다

되돌아갈 수 없는 철없던 그 시절
이제라도 바꿔드릴 수 있다면
흰머리 다시 검어지실까 봐
어머니 생각에 가슴이 미어집니다

인생 2

인생은
바람 앞에
촛불 같은 거

아슬아슬하게
살다 보면
꽃길도 있고
가시밭길도 있다

삶의 무게
힘들고 지쳐도
참 좋은 날 있겠지

갈대는 바람에
흔들리지만
그 뿌리는 영원히
흔들리지 않는다

어차피 인생이란
잠시 머물다 가는데

세상에
내 것이 어디 있으랴
모두 다 빌려
쓰고 가는 거지

산소같이
은은한 향기로 남아
흐르는 물처럼…
멋진 인생
한번 잘 살아가 보자

가을 산

논둑 밭둑 지나서
오솔길 걷다 보면
붉게 물든 가을 산이 더 아름답다

아름답게 석양이
머무는 알밤 가득한 가을 산
토실토실 잘 익은 알밤
가시 옷을 입은 고슴도치 닮았다

따뜻한 햇살이 포근히 감싸
아기단풍 수줍어 얼굴 붉히며
부드럽게 다가와 입을 쑥 내밀며
살짝 입맞춤하고 웃는다

산은 그토록 아름다운데
기쁨인지 슬픔인지
그리움인지 외로움인지
알 수 없는 그 무엇이
나를 울렁이게 한다

가을 산은 외면의 아름다움
내면의 고통을 함께 갖고
모순된 삶을 산다

호접란

겨울이 지나고
봄이 오니

어린 새싹으로 돋아난
싱그럽고 눈부신 빛깔

한참을 들여다보아도
예쁘고 사랑스럽다

흙내음 맡으며
꽃으로 활짝 피어

가지 끝에 이는 바람결에
곱게 물들었다

자기 몫을 다하는 너를 보니
내 마음도 설렌다

봄 처녀

비 온 뒤 맑은 햇살
저 멀리 아지랑이 무지개 타고
산들산들 춤을 춰요

봄바람에
축축 늘어진 수양버들
연둣빛 긴 머리 풀고
리듬에 맞춰
춤을 추지요

작은 연못에
예쁜 잉어들의 속삭임
왔다 갔다 분주해요

회색 담장 너머
빨간 장미 한 송이
외롭게 서서
밝은 미소 짓지요
어서 오라고

잘 살아가는 이유

어제는
지나간 추억이고
내일은
다가올 미래이며
오늘은
살아가는 현실이다

그리운 추억 가슴
한켠에 묻어두고

미래를 기대하며
현실은 옹골차게

멋지고 행복하게
잘 살아가는 이유

오롯이
내 인생 내 사랑이기 때문

금수강산

금호강 줄기 타고
아름답게 흐르는 산천

화사한 봄꽃들이
방긋방긋 웃는다

한 쌍의 나비 짝을 지어
나풀나풀 나르고

잔잔한 물결 위에
떠내려가는 나뭇잎 배

졸졸 흐르는 물줄기
봄날을 노래하네

화련화

네 모습이 어여뻐라
가녀린 너의 모습

고운 너의 살결
다칠세라 애타는 마음

온종일 웃음꽃 피우며
해님이 부끄러워
꽃잎 속에 숨어있네

핑크 빛깔
아름다운 너의 모습 보며
내 마음도 곱게 물든다

여백

여백에
당신 그립니다

설렘에
그리움 더하니
눈물 납니다

눈을 감으며
떠오르는 그 얼굴

영혼까지 파고드는
그 이름 석 자

여백에 담아 봅니다

산다는 것은

인생사 아웅다웅 요지경 속
보이는 게 전부는 아니라오

인생이 별거 있나요
공수래공수거인 것을

지나간 아픔일랑
저 강물에 던져버리고

고난과 슬픔이 나를
에워싸도
포기하지 않으렵니다

행복은 마음먹기 달렸다오
누구나 함께 걸어가는 길
그것이 인생입니다

고향 생각

어머니 건네주신
한 되짜리 주전자

맛있는 동동주 들고
방천길 가다가

새콤달콤 쓴맛의 술
한두 모금 마시고

다리에 힘 풀려서
큰 바위에 누워

돌을 베개 삼고
하늘을 이불 삼아

잠들었던 지나간
수많은 추억들

저 산 너머 내 고향
그립습니다

아이스 커피

차디찬 글라스에
몽글몽글 맺힌 이슬

톡톡 터지는 방울방울
사랑스러운 그대 향기

첫 키스
입안이 얼 얼
코끝이 찡긋

심장의 고동 소리
거칠 줄 모르고

덜덜 떨리는 가슴 안고
그대를 부른다

그대는 내 사랑
이름은 아이스 커피

오해

그래도
되는 줄 알았다
안 된다는
생각을 못 하고

사람 마음 제각기
다른 줄 알고 있지만

믿는 도끼에 발등
찍히고 후회해도
때는 늦어요

좋은 인연이라
믿고 믿었는데
안타까운 마음

세상살이
정답은 없지만
답이 없는 사람

수성못

백일홍 나무
그늘에 앉아서
흰 구름 떠가는
파란 하늘을 본다

소나무에 내려앉은
백로를 닮은
선녀의 고운 자태

숲속의 친구들
선녀를 찾는
울음소리 들리고

대구의 자랑
아름다운 수성 못에
젊음이 모이네

산천초목

동산에 핀
아카시아 꽃향기
은은하게 다가오고

냇가에
맑은 냇물이 유유히
흐르며 물안개
피어오르네

들에는
짙어지는 녹색식물
싱그러움을 자랑하는데

오월에
푸르름 속에
웃으며 반겨주는
아름다운 강산
울긋불긋
화려하게 짙어가네

시골 가는 길

이른 아침에
길을 나섰다

논둑 밭둑 지나서
내천이 흐르고
물안개 스멀스멀 피어오른다

한적한 시간
산들산들
부는 바람 시원해요

산길 따라 달려가는
시골 가는 길에

해님이 마중 나와
방긋이 미소 짓네

평범하게

남보다
잘하려고
어렵게 살지 말고

어제의
나보다는
더 낫게 살아가라

평범은
아름다운 삶
행복으로 가는 길

행복으로 가는 길

남이 가진 것
탐내지 말고
내가 가진 것
소중히 여기라

부모 가족 간
화합을 만들고
친구 형제간
신용을 지키라

이웃이 어려울 때
봉사와 나눔 실천

세상에
뒤떨어지지 않게
책을 가까이 하라

순리

만남과 헤어짐은
세상을 살아가는

수많은 이야기 중
최고의 슬픈 아픔

언제나
만남이 있어
헤어짐도 있지요

헤어짐 있으면은
또다시 새로 만남

있다는 현실 속에
우리는 소중함을

귀하게 생각하면서
오순도순 살아요

제5부

청송 한 그루

어머니 사랑

언제나 밝은 모습
볼수록 시린 가슴

다정한 모습으로
자식을 사랑하는

그 모습 안타까워라
솔선수범 그 모습

그분의 가슴 속에
오로지 자식 생각

웃음꽃 피어나고
슬픔 뒤 기쁨 가득

오롯이
우리를 지키는
사랑스런 어머니

황혼 인생

마음의 여유로움
행복한 나의 공간
티 없는 노랫소리
옥구슬 은쟁반에
또르르 굴러가듯이
불러보는 그 노래

서산에 지는 해는
석양에 걸려있어
인생은 때가 되면
사랑도 지나가고
황혼에 저무는 인생
손짓하며 부르네

바다 2

부는 바람에
나뭇잎 물결 위에

그림자 하늘하늘
바람에 춤추고

힘찬 파도 철썩철썩
죄 없는
바위만 부수는 신세

저 멀리 수평선 너머
고깃배 오가고

수많은 인파 속에
밀물과 썰물에 휩싸여

하늘 높이
갈매기 떼 넘나드네

포도주잔

뜨거운 태양은
온 세상을 열 바다로 만들고
살을 태우는
따가움 뒤로 한 채
모여든 수많은 사람들

바다의 냄새
물에 발을 담그니
기분이 참 좋아서
애꿎은 살만 태우네

바다가 보이는
아늑한 곳에 앉아서
포도주잔에 담긴
붉은 포도주와
눈인사하고
한 모금 입맞춤하네

은은하게 전해지는 향
부드럽게 넘어가는 느낌
황홀함에 가슴 벅차오르네

여름은
사랑의 계절
낭만의 계절
수평선 너머에
등대 불빛은 깜박깜박

두부가 좋아

엄마가
시장에서 사 온 두부
미끌미끌 물렁물렁
내 장난감 같아요

손가락으로 콕콕
만지작만지작
엄마의 얼굴처럼 부드러워요

뚝딱뚝딱
구수한 내음
된장국이 맛있어요

두부 먹고
몸도 튼튼 키도 쑥쑥
나는 두부가 참 좋아요

빨간 구두

엄마의 빨간 구두가
너무 예뻐서

신발에 빨간색
크레파스를 발랐다

갑자기 신발이 못생겼다
신발을 물에 넣었다

비누를 바르고
칫솔로 빡빡 문지르니

이마에 땀이
삐질삐질 난다

깨끗한 신발을 보니
기분이 참 좋아졌다

다음부터
신발에 크레파스
바르는 건
하지 말아야겠다

길

아무런
준비 없이
길을 걷고 있네

어깨에
무거운 짐을 짊어지고
선택한 꿈과 희망

보일 듯
보이지 않는
두려움 헤치고

꽃길이라 생각하며
산 넘고 물 건너서

언덕 위에
노란 나비 흰나비
너울너울 춤추며
벗 삼아 함께 가자 하네

꽃길

길가에 예쁜 꽃길 따라
바위틈 사이에

참나리 원추리꽃
마중 나와 반겨주며

힘들 테니 가던 길 멈추고
돌아가라 하네

정다운 벗들과 함께
쉼 없이
한 계단 두 계단
걸어가는 길에

노랑나비 한 쌍
나풀나풀 날아와
웃음꽃 피고

그 끝이 어디인지 몰라도
함께라서 좋은 길

여행

설레는 마음으로
차에 몸을 싣는다

하늘을 보니
파란 하늘에 흰 구름 떠다니고

해님도 부러운지 윙크하며
자꾸 따라온다

해님이 사랑스러워
메롱 하고 함께 웃었다

차창 사이로
시원한 바람 들어오고
눈앞에 바다가 보인다

갈매기 떼 넘나드는 수평선
귤 따는 아낙네 숨비소리
들리는 듯 신비스러워

넋을 잃고 한참 바라보다가
발길을 돌린다
함께라서 행복 지수 맑음

때늦은 휴가

슬픈 일이 있는지
뚝뚝 떨어지는 눈물

병풍처럼 둘러싸인
녹음 짙은 산 중턱에

풀잎마다 이슬방울 머금고
싱그러움 더해 가고

차 창문 힘차게 두드리는
빗물과 천둥소리 들으며

낭만 속으로 떠나가는
때 늦은 여름 휴갓길

하얀 파도 그리며
푸른 파도
넘실거리는 바다
쉼 없이 달려간다
포항 칠포 바닷가

여행길에서

해님이
구름 사이로
얼굴 내밀고

파란 하늘은
은빛 날개
포근히 감싸주고

구름과 바람
손을 마주 잡고
멋진 꿈을 향해
힘차게 달린다

도전이란
메시지를 남기고
사뿐사뿐 떠나는
기약 없는
미지의 여행길
먼동이 트는 세상

갈대의 변명

갈대는
바람에 흔들리지만

그 뿌리는
영원히
흔들리지 않는다

서현리 가는 길

새벽 가로수 불빛 가로질러
녹음 우거진 산길 따라
서현리 가는 길

동쪽 하늘에 먼 동 틀 무렵
찬란하게 빛나는
태양이 불타오르고

산허리
안개는 회색 커튼 두른다
상하는 초록일세

집집마다 굴뚝에
연기가 피어나고

장닭은 빨간 깃털을 세우고
꼬끼오 울음소리
허공에 맴돈다

길옆에 찔레꽃 하얀 미소 지으며
어서 오라 손짓하네

상쾌한 공기는
아침을 깨우고
호수에 빛나는 윤슬은
가슴에 그리움 되어
행복으로 물든다

자전거 타기

맑은 물 찰랑찰랑
스치는 바람결에
설렘으로 다가오면

정겨운 청보리밭
보리밭 아가씨
맨몸으로 나와서
수줍어 고개 숙이네

금오강 줄기 따라
운치는 흘러가고
낭만은 하늘하늘
수양버들 춤춘다

춤추는 가지마다
새들이 속삭이고
꽃들이 노래하는
자전거 라이딩 길

잠자리 한 쌍 나와
웃으며 반겨 주네

기회 잡기

기회는
자주 오지 않아요

왔을 때
꽉 잡아야 해요
놓치면 후회해요

다시 한번 생각해요
꽉 잡은 기회라면
마음껏 실천해요

엄마의 구두

엄마의 구두
울 엄마 빨간 구두
신호등 생각나요
빛나는 예쁜 구두
엄마는 빨간색을 좋아해요
외출하는 엄마의 구두
사랑의 꽃 마음은
움직이는 신호등 같아요
선생님 같아요
예뻐서 엄마 몰래
살짝 신어 봤어요
퐁당 빠진 내 작은 발
빨간 풀장 같았어요
빨간색 엄마 구두

엄마의 초록 구두
신호등 생각나요
빛나는 예쁜 구두
엄마는 두 번째로 좋아해요
외출하는 엄마의 구두
사랑의 꽃 마음은
움직이는 신호등 같아요

선생님 같아요
예뻐서 엄마 몰래 살짝 신어봤어요
퐁당 빠진 내 작은 발
초록 풀장 같았어요
초록색 엄마 구두

차 한 잔의 여유

해님도
포근히 감싸주고
파란 하늘에 흰 구름만
뭉게뭉게 흘러가네

창밖으로
보이는 가로수
바람에 흔들흔들 춤추고

기다리는
사람 오지 않고
아무도 없는 작은
공간에 홀로 앉아
고요한 적막이 흐르고

이름 없는 시인은

차 한 잔의 여유로움
행복감에 젖어든다

삶을 아름답게

젊음을 추구하라
예쁨을 간직하자

저마다 다른 생각
또 다른 삶의 가치

감사해
살아 있음에
동기부여 신난다

진실이 있는 인생
의미가 있는 가치

인생은 단 한 번뿐인
소중히 살아가리

내 인생
노래 부르며
아름답게 잘살자

장미

파란 하늘
참 예쁘다

떠 있는 흰 구름
너도 예쁘고

붉은 입술
따뜻한 눈빛을
가진 네가 더 예뻐
이름은 장미꽃

청송 한 그루

노란 꽃
가로수 길 따라
시골 가는 길

바위산 자락에
안개가 자욱하다
먹구름 비를 뿌릴 듯
스멀스멀 스민다

절벽에
청송 한 그루
우거진 숲속에서
절경을 준비한다

내리는 빗방울
방울방울 맞으며
촉촉이 젖는다

그 모습에 내 마음도
함께 젖는다

제6부

첫 느낌

가슴 콕콕

이지아 작사
강 희 작곡

가슴 콕콕

– 작사 이지아, 작곡 강희

사랑 사랑 우리의 사랑
꽃 피는 우리의 사랑
남들의 시선 보지 말고
아름다운 꽃 피워보자
오늘도 어제처럼
설레는 마음 변하지 않았어요
나의 가슴 콕콕 찍어
도저히 감출 수 없어요
우리 예쁜 사랑꽃
영원토록 활짝 피워요

좋다 좋아 우리의 사랑
불타는 우리의 사랑
누구의 눈치도 보지 말고
아름다운 꽃 피워보자
오늘도 어제처럼
화끈한 마음 변하지 않았어요
나의 가슴 활활 태워
이제는 감출 수가 없어요
뜨거운 사랑의 불
영원토록 활활 태워요

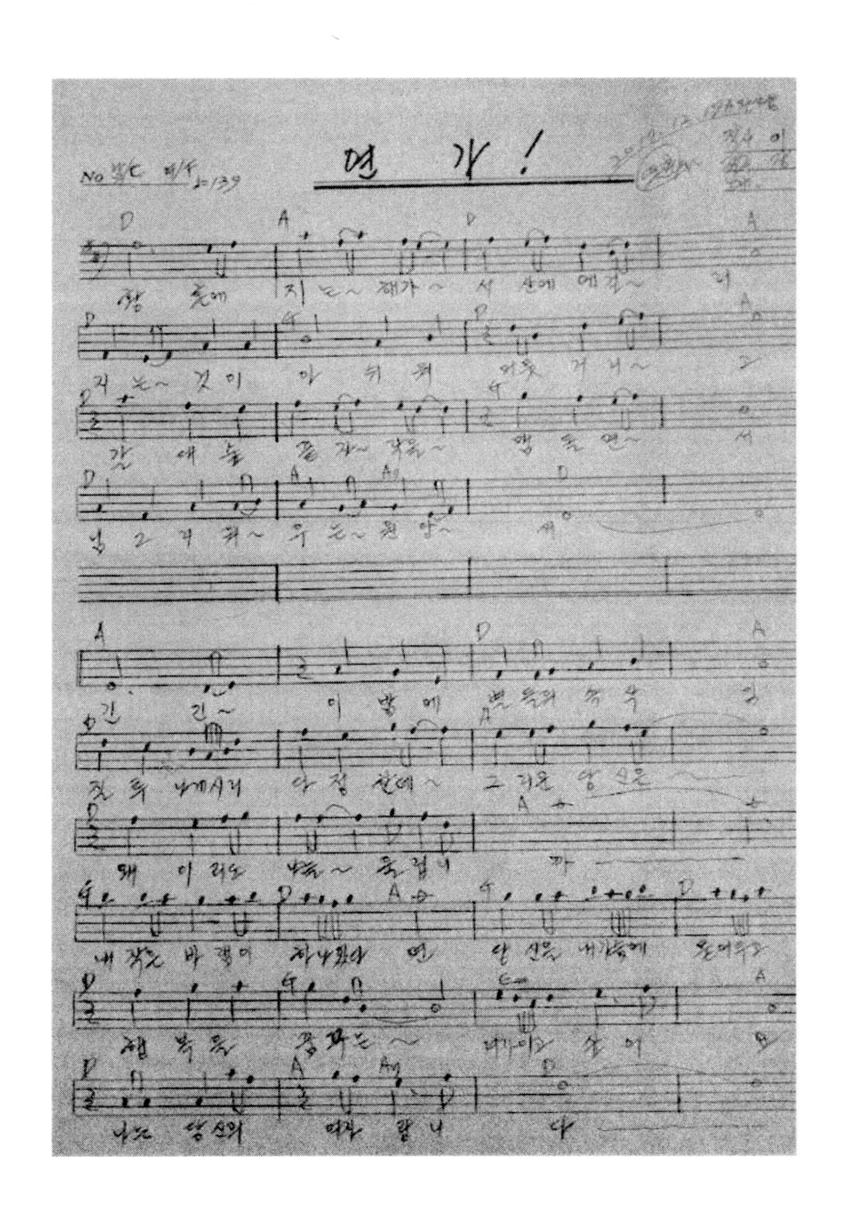
연 가 !

연가

– 작사 노래 이지아, 작곡 장대성

황혼에 지는 해가 서산에 걸려
지는 것이 아쉬워 머뭇거리고
갈대숲 끝자락을 맴돌면서
임 그리워 우는 원앙새

긴긴 이 밤의 별들의 속삭임
질투나게시리 다정한데
그리운 당신은
왜 이리도 나를 울립니까
내 작은 바람이 하나 있다면
당신을 내 가슴에 묻어두고서
행복을 꿈꾸는 여자이고 싶어요

나는 당신의 여자랍니다

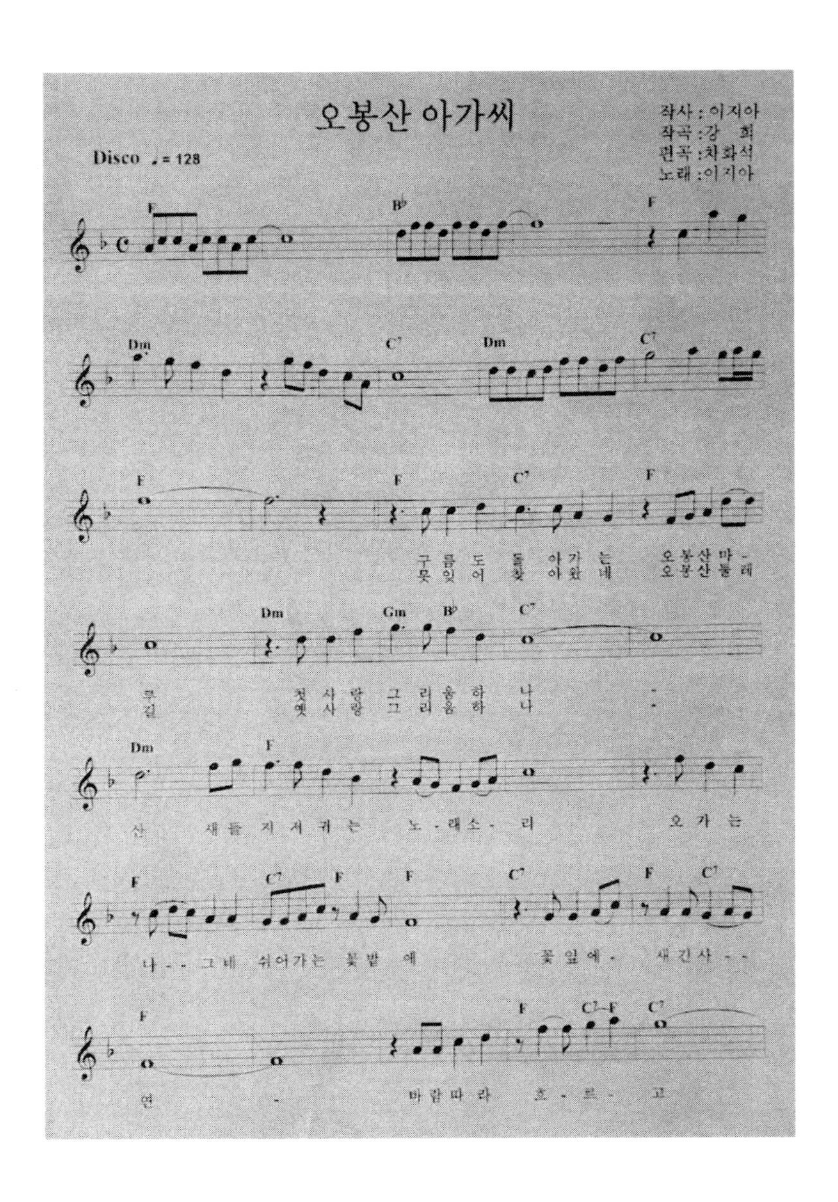
오봉산 아가씨
작사 : 이지아
작곡 : 강 희
편곡 : 차화석
노래 : 이지아
Disco ♩= 128
구름도 돌아가는 오봉산마-
못잊어 찾아왔네 오봉산둘레
루 첫사랑 그리움하 나 -
길 옛사랑 그리움하 나 -
산 새들 지저귀는 노-래소- 리 오가는
나-- 그네 쉬어가는 꽃밭 에 꽃잎에- 새긴사--
연 - 바람따라 흐-르- 고

오봉산 아가씨

– 작사 이지아, 작곡 강희

구름도 돌아가는
오봉산 마루
첫사랑 그리움 하나
산새들 지저귀는 노랫소리
오가는 나그네
쉬어가는 꽃밭에
꽃잎에 새긴 사연
바람 따라 흐르고
노을 진 석양 아래
내 임 얼굴 그리며
오늘도 홀로 걷는
오봉산 아가씨

못 잊어 찾아왔네
오봉산 둘레길
옛사랑 그리움 하나
산새들 지저귀는 노랫소리
오가는 나그네
쉬어가는 꽃밭에
꽃잎에 새긴 사연

F F C7 F C7
노 을 진 석 양 아 래
F C7 F
내님 얼굴 그 리 며 오 늘
C7 F Gm Dm C7 Dm C7 B♭
늘 도 홀 로 걷 는 오 봉 산 아 가
F
씨

바람 따라 흐르고
노을진 석양 아래
내 임 얼굴 그리며
오늘도 홀로 걷는
오봉산 아가씨

첫 느낌

이 지아 작사
강 희 작곡

첫 느낌

– 작사 이지아, 작곡 강희

그대를 만나던 그 날
첫 느낌이 왠지 좋았어
인연일까 운명일까
설레는 이 마음
말 못 하는 이 심정
너무 부끄러워
눈을 감아도 떠오르는 그 얼굴
보고 있어도 멀리 있어도
언제나 함께이지만
그날의 첫 느낌은
이내 가슴에
사랑의 꽃을 피웠어요

하늘 길

이지아 작사
강 희 작곡
하늘 - 길 바람길따 - 라
걸어 - 가는 구름아 - 가 씨 -
꿈 많 - 은 소녀처 - 럼
솜털 - 구름 등에메 - 고 -
솔 솔 불어 - 오는 바람 - 따 - 라
흰 - 구름 먹 구름 친구삼 - 아
훨러 - 훨러 새들처럼 발걸음가 - 볍 게
떠나온 여 - 정의 - 길 -
그길엔 예쁜꽃들이 미소짓는 다
한줄기 - 햇살도 따라웃는 - 다 -

하늘길

– 작사 노래 이지아, 작곡 강희

하늘길 따라 걸어가는
구름 아가씨

꿈 많은 소녀처럼
솜털 구름 등에 업는다
고운 자태 뽐내며
사뿐사뿐 걷는다

솔솔 불어오는 바람 따라
흰 구름 먹구름
친구하자며 함께 흐른다

새털처럼
가벼운 발걸음으로
떠난 여정

그 자리에 파란 하늘이
까꿍 하며 미소 짓는다

한줄기 스며드는
햇살도 따라 웃는다

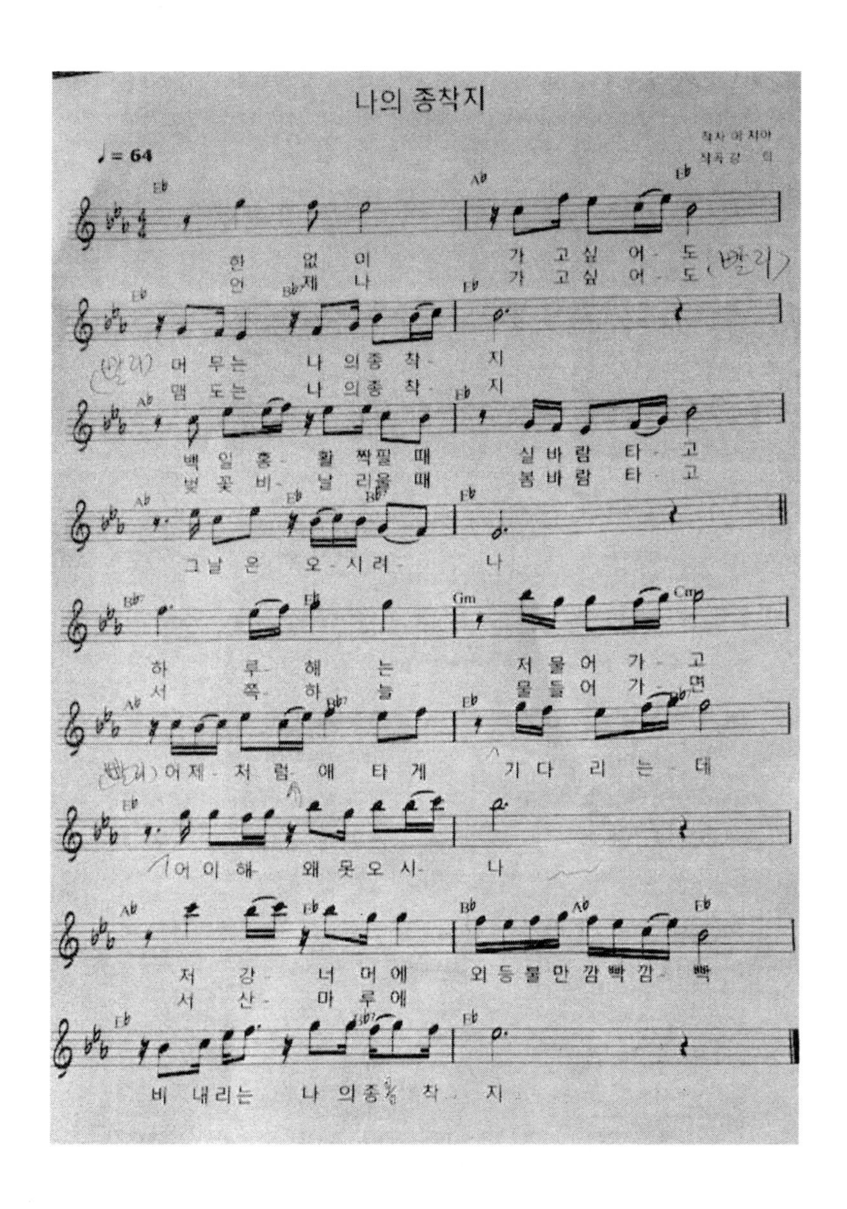
나의 종착지
♩= 64
한 없 이 가 고 싶 어 - 도
언 제 나 가 고 싶 어 - 도
머 무는 나 의종 착 - 지
맴 도는 나 의종 착 - 지
백 일 홍 - 활 짝필 때 실 바 람 타 - 고
벚 꽃 비 - 날 리울 때 봄 바 람 타 - 고
그날 은 오 - 시 리 - 나
하 루 - 해 는 저 물 어 가 - 고
서 쪽 - 하 늘 물 들 어 가 - 면
어 제 - 처 럼 애 타 게 기 다 리 는 - 데
어 이 해 왜 못 오 시 - 나
저 강 - 너 머 에 외 등 불 만 깜 빡 깜 - 빡
서 산 - 마 루 에
비 내리는 나 의종 착 - 지

나의 종착지

- 작사 노래 이지아, 작곡 강 희

한없이 가고 싶어도 머무는 나의 종착지
백일홍 활짝 필 때 실바람 타고
그날은 오시려나
하루해는 저물어가고 어제처럼 애타게
기다리는데 어이해 왜 못 오시나
저 강 너머에 외등 불만 깜빡깜빡
비 내리는 나의 종착지

언제나 가고 싶어도 맴도는 나의 종착지
벚꽃 비 날 리 울 때 봄바람 타고
그날은 오시려나
서쪽 하늘 물들어 가면 어제처럼 애타게
기다리는데 어이해 왜 못 오시나
서산마루에 외등 불만 깜빡깜빡
비 내리는 나의 종착지.

□ 서평

시가 음악을 품은 사랑의 노래

– 이지아 첫 시집 『오봉산 아가씨』

최 봉 희(시조시인, 평론가, 글벗 편집주간)

삶에 있어서 문학은 인생에 대한 재발견이다. 이는 아름다운 성숙을 의미한다. 감각적 이미지로 꾸는 꿈, 깨어있는 의식으로 날개를 펴는 이상이기도 하다.

시 쓰기는 감각이다. 관찰 감각, 사유 감각, 표현 감각이 발현된다. 관찰도 사유도 표현도 감각적으로 했을 때마다 감동과 신선한 정서적 파장을 일으킬 수 있다. 나만의 차별화된 시적 사유와 시적 감각이 생길 때 다양한 시 쓰기가 가능하다. 그래서 시인은 스스로 연구하고 개별화하여 자신만의 시적 세계에 도달해야 한다.

좋은 시는 감동과 여운을 오랫동안 주는 작품이다. 시를 표현할 때 두 가지 축이 작동한다. 간절한 상황이 하나가 축이고 그 상황을 대신 표현할 객관적 상관물이 또 하나의 축이다.

나만의 간절한 상황은 지독히 예민한 상태의 정서적 문양, 존재론적 문양, 관계론적 문양으로 드러난다. 여기서 지독히 시적이고 예민한 상태라는 것은 구체적이고 간절한 경험 맥락을 가진 화자나 시적 대상이 어떤 구체적인 정황 속에서 드러난다.

대구에서 활동하는 가수이자 시인인 이지아 시인의 첫 시집 『오봉산 아가씨』에 실린 100편의 작품을 만날 수 있었다.

이지아 시인은 대구에서 미용실을 운영한다. 그리고 자신의 시로 노래를 하는 시인이다. 시인은 자신의 이야기를 시로 쓰고 자신의 감성을 직접 육성으로 노래를 부른다. 시집의 제목으로 등장하는 '오봉산 아가씨'도 바로 시인이 생활하는 대구의 침산동에 위치한 '오봉산'을 소재로 한다.

대구의 오봉산은 '침산'이라고 부르기도 한다. 달구벌 북쪽에 자리 잡은 대구문화의 발상지다. 산의 모양이 소가 누워있는 것 같아서 와우산 또는 봉우리가 다섯 개라 해서 오봉산이라고 부르고 있다. 이곳은 조선조 향토 출신인 서거정(徐居正)이 대구의 아름다운 열 곳을 골라 노래할 때 침산의 저녁노을을 두고 침산만조라 한 유서 깊은 곳이다. 대구 오봉산은 일출과 일몰이 아름답기로 유명하다. 그 때문일까? 시인은 만남과 이별이 있는 오봉산의 연가를 노래한 듯하다.

이지아 시인의 시의 특징을 한마디로 말한다면 "시와 음악이 만나는 최상의 연가"라고 말하고 싶다. 무엇보다도 눈길을 끄는 작품은 「오봉산 아가씨」, 「첫 느낌」 등이다. 표제시(標題詩)인 「오봉산 아가씨」를 감상해 보자.

구름도 돌아가는
오봉산 마루
첫사랑 그리움 하나
산새들 지저귀는 노랫소리
오가는 나그네
쉬어가는 꽃밭에
꽃잎에 새긴 사연
바람 따라 흐르고
노을 진 석양 아래
내 임 얼굴 그리며
오늘도 홀로 걷는
오봉산 아가씨

못 잊어 찾아왔네
오봉산 둘레길
옛사랑 그리움 하나
산새들 지저귀는 노랫소리
오가는 나그네
쉬어가는 꽃밭에
꽃잎에 새긴 사연
바람 따라 흐르고
노을진 석양 아래
내 임 얼굴 그리며

오늘도 홀로 걷는
오봉산 아가씨
– 시 「오봉산 아가씨」 전문

시적 자아인 오봉산 아가씨는 첫사랑의 그리움을 안고 있다. 산새들의 노랫소리를 들으면서 꽃밭에 그리고 꽃잎에 담긴 무수한 사연을 홀로 거닐면서 추억의 임을 회상한다. 그리고 잊지 못한 임을 그리워하면서 노래한다. 이지아 시인이 첫 시집의 주된 감성은 '사랑'과 '그리움'이다. '사랑'이란 시어는 40회, '그리움'은 24회 등장한다. 시적 자아가 어떤 대상을 그리움으로 품어 사랑으로 안듯이 이지아 시인의 시는 음악을 사랑으로 끌어안는다.

시가 음악을 끌어안는다는 의미는 무엇일까? 인간의 언어 가운데 가장 정제되고 순수한 것이 '시의 언어'다. 만일 이 시의 언어로 도저히 전하지 못하는 것이 있다면 어찌할 것인가? 시의 언어는 가장 아름다운 최상의 언어다. 다만 언어의 범주에서 벗어나지 못하는 언어이긴 하다. 따라서 시의 언어가 인간의 언어가 지니고 있는 필연적인 속성인 '의미'의 굴레에서 벗어날 수는 없다. 바로 이 의미의 굴레에서 벗어나려고 하지만 그것은 역부족이다. 언어의 투쟁을 통해 의미의 굴레에서 벗어나려 하는 시인이 있다면 훌륭한 시도이자 아름다운 도전이다.

황혼에 지는 해가 서산에 걸려
지는 것이 아쉬워 머뭇거리고
갈대숲 끝자락을 맴돌면서
임 그리워 우는 원앙새

긴긴 이 밤의 별들의 속삭임
질투나게시리 다정한데
그리운 당신은
왜 이리도 나를 울립니까
내 작은 바람이 하나 있다면
당신을 내 가슴에 묻어두고서
행복을 꿈꾸는 여자이고 싶어요
나는 당신의 여자랍니다
– 시 「연가」 전문

이 시는 실제로 작곡자 장대성에 의해 노래로 만들어진 시다. 시로써 다하지 못한 의미전달의 방법으로 다른 대안을 찾을 수밖에 없었다. 그래서 시인은 언어의 범주를 벗어날 수 있는 또 하나의 언어를 생각하지 않을 수밖에 없다. 다름 아닌 '음악이라는 언어'를 선택한다. 시의 언어를 노래라는 음악의 언어로 호소할 수밖에 없었던 것이다. 다시 한번 말하자면 '음악이 시의 언어를 끌어안은' 것이다. 왜냐하면 시는 본질적으로 음악을 지향하는 예술이기 때문이다.

한없이 가고 싶어도
머무는
종착지는 하나

백일홍 활짝 필 때
실바람 타고
그날은 오시려나

하루해는
저물어가고
어제처럼 애타게
기다리는데
어이해 못 오시나

저 강 너머에
외 등불만 깜박깜박
비 내리는 나의 종착지
– 시 「비 내리는 종착지」 전문

다시 말하면 시는 음악을 내재적 구성 요소로 끌어안고 있는 예술이다. 영국의 평론가 월터 페이터(Walter Pater)의 말대로 한 걸음 더 나아가 모든 예술은 끊임없이 음악의 상태를 지향한다. 시가 궁극적으로 추구하는 것은 다름 아닌 음악의 경지가 아닐 수 없다. 시와 음악이 하나로 합쳐지는 예, 시의 언어가 끝나고 이 시의 언어를 이어받아 음악이 시작되는 예, 다시 말하면 시의 음악화에 논의 초점을 맞출 수도 있다. 물론 시의 음악화는 음악인의 자발적인 참여에 의해 이루어지기도 하지만 경우에 따라 시인의 요청 또는 소망에 의해서 음악인이 시의 음악화를 시도하기도 한다. 결론적으로 말하면 시인이 진실로 원하는 바는 시의 언어로 다 드러내지 못하는 의미를 초월한 의미를 음악이라는 언어를 통해서 드러내고 싶은 것이다.

월터 페이터의 말처럼 시인이 해야 할 일은 끊임없이 호기심을 갖고 새로운 생각을 시험해보고 새로운 인상을 받는 것이 매우 중요하다. 그런 의미에서 이지아 시인은 지금도 시의 언어로 다 말하지 못한 아쉬움을 음악이라는 언어를 통해서 계속적으로 도전하고 있다.

많은 사람들이 아끼는 글, 좋아하는 글을 보면, 한 가지 특징이 있다. 운율감이다. 시가 아니어도 시처럼 혀끝에 감도는 운율, 리듬감이 있을 때 사람들은 거부하지 않고 시를 읽어나가게 된다. 운율감, 리듬은 시에게만 있는 것은 아니다. 산문에도 은은한 리듬이 흐른다. 운율이 있는 문장은 쓰는 이도 즐겁고, 읽는 이도 즐겁다. 글쓰기를 즐기는 사람들의 글에는 항상 운율이 있다. 노래를 못하는 사람은 리듬, 박자를 무시하고 노래한다. 리듬을 무시한 노래는 듣기에도 거북하고 불편하다. 마찬가지로 운율을 무시한 시는 어색하고 전달력도 떨어진다. 한마디로 골치 아픈 글, 시로서의 자격을 상실한다.

그리스의 철학자 디오게네스(Diogenes)는 이렇게 말한다. "도덕을 설교하면 사람들이 모여들지 않는다. 휘파람을 불며 몸을 흔들고 춤을 추면 사람들이 몰린다."

이지아 시인도 바로 그런 염원이 있기에 그의 시를 음악의 품에 안기게 하고 싶어 하는지도 모른다. 하지만 릴케의 말대로 "음악이 물리적 시간의 흐름을 거슬러 수직으로 세우는 것"은 결코 쉽지 않다. 시인이 원하는 '시의 음악화'는 시인 자신의 시 정신을 영원히 살아 숨쉬게 하는 일이다. 그들의 시 정신을 릴케의 표현대로 "사멸을 향해 가는 심장의 / 길 위에 수직으로 서 있는 시간"으로 영원히 남기를 원하는 것이다. 그 때문에 이지아 시인은 끊임없이 도전한다. 바로 우리 겨레의 시가인 시조 쓰기에 도전한다.

앙상한 가지 끝에 물오른 새싹 물결
가슴에 차오르는 숨소리 들려온다
졸졸졸 계곡 물소리 노래하며 흐르네

늦겨울 추위 이긴 하늘의 빛난 빛살
살얼음 사이사이 봄버들 춤을 춘다
꽃소식 기다린다오 두근두근 뜨겁네
- 시조 「봄을 기다리며」 전문

운율이 있는 문장은 기억하기 쉽고 기억을 되살리기에도 좋다. 우리말의 특성상 글자 결합이 3·4 혹은 7·5가 될 때 리듬감이 살아난다. 특히 4·4음보는 우리 전통 시가인 시조를 이루는 우리 민족의 노래다. 시를 큰 소리로 읽어보면 리듬이 들어있는지 들어있지 않은 지를 분간할 수 있다. 큰 소리로 읽을 때 운율감이 있는 글은 술술 막힘이 없다. 전래동화, 명작 동화 속에도 우리의 운율은 들어있지 않은가. 시가 아무리 내용이 좋아도 운율을 살려내지 못하면 읽기 싫은 글이 되어버린다. 이는 잘못 쓴 시, 시조가 된다.

소설가 이문열은 언젠가 그의 글쓰기 비법을 묻는 질문에 이렇게 밝혔다.

> "저는 지금도 독자들에게 제 글이 부드럽고 인상적으로 읽히길 기대할 때는 리듬에 맞추어서 씁니다. 우리에게 익숙한 리듬이란 3·4나 7·5가 아니겠어요. 소설에 리듬이 필요 없다고 한다면 이는 틀린 말입니다.
> – 문예중앙, 1998년 겨울호

음악도 마찬가지이겠지만 시는 인간의 혼을 일깨우는 예술로서의 존재의 이유가 있다.

두 번째로 시는 교훈을 주는 설교다. 그 설교는 따분하지 않아야 한다. 그래서 시인은 세상을 가르치는 교사가 되어야 한다. 인생의 중요한 교훈을 독자에게 전달하는 시인이 되어야 한다.

부모는 자녀들의 처음을 마주하고
자녀는 부모님의 마지막 지키지요
인생은 만남과 이별 가슴 아픈 이야기

어머니 뱃속에서 탯줄을 끊고 나와
자식과 부모 되어 잘살아 가는 우리
귀하고 소중한 인연 사랑하고 아끼리

세상에 없어서는 안 되는 피 나누다
부모는 자식에게 소중한 빛과 소금
자녀는 내 부모님께 희망이고 꿈이지
– 시조 「소중한 인연」 전문

시인은 시조 「소중한 인연」을 통해서 인생의 소중한 가르침을 주고 있다. 인생의 만남과 이별을 부모와 자식간의 이야기로 말한다. 사랑하고 아껴야 하는 존재로서 '빛과 소금', 그리고 '희망이고 꿈'이라고 말한다.

멋진 시인은 독자들에게 때로는 가수가 되고 소설가가 되어야 한다. 필요하다면 소품을 이용하고 이리저리 돌아다니면서 손뼉도 치고 질문도 던지면서 노래도 불러야 한다. 그래야만 독자들의 시선을 끌 수 있다. 관심을 집중시키려면 시인은 다양한 방법을 펼쳐야 한다. 지루한 노래는 결코 독자들의 주목을 받지 못한다.

생각만 해도 / 바라만 봐도
좋은 사람아

까르르 / 웃을 때는
너무 멋진 당신

오로지 / 당신뿐인
내 마음 몰라주고

철없는 아이처럼 / 사랑의 조약돌만
던지는 사람아

당신을 알고 / 사랑을 알고
그리움도 알았네

나에겐 오로지 / 당신뿐인데

이러면 저러고 / 저러면 이러고
뽀드득거리는
당신이 미워 죽겠어

그런 / 내 마음 몰라주지만
보고 또 봐도 / 보고 싶은
당신은 내 사랑
행복하게 살아봅시다
– 시 「내 사랑 멋쟁이」 전문

디오게네스는 이렇게 말한다.
"시인은 글을 장악하는 모습을 보여주는 것도 중요하다. 문장의 위치가 제멋대로이고 인용문이 힘을 가지지 못하면 사람들은 시인의 말을 귀담아들으려 하지 않는다. 그냥 지나쳐버릴 것이다."

인생길 험한 길에
우여곡절 많고 많지만
시련이 밀려와도
나는 나는 두렵지 않아
살다보면 해뜰날 올테니

이제는 아무것도 생각을 말자
빈손으로 왔다가 빈 손으로
가는것이 인생인 것을
이래도 한세상 저래도 한평생
노래에 인생 걸고 멋지게
아주 멋지게 살아갑시다
- 시 「인생」 전문

시인은 독자 앞에서 휘파람을 불고 춤을 춘다는 생각으로 출발해야 한다. 독자들은 설명이나 추상적 철학에는 별로 관심이 없다. 사람들이 모인 이유는 이야기를 듣고 싶어서다. 그들은 진실한 그 뭔가를 만나고자 한다. 그 때문에 시는 일단 재미가 필요하다. 하지만 재미만 노린다면 사람들이 속았다는 느낌을 가질 수 있다. 재미 속에서도 가르침을 주어야 한다. 호라티우스의 격언처럼 “시는 즐거움이자 교육”인 것이다.

가던 길 멈추고
돌아서서 그리움 안고
또다시 찾아갔네
나를 만나 행복했고
너를 만나 즐거웠지
인연인 줄 알았는데
누구의 잘못 없이
우린 헤어졌네

돌아선 그대와 나
이제는 남이 되었고
지금은 어느 임의
품에서 무얼 하며
어떻게 살고 있는지
너의 모습 보고 싶구나
두 번 다시 만날 수 없어도
꼭 행복해야 해
잘 살아야 해
- 시 「그리움」 전문

잘 쓴 시는 다른 사람들의 마음에 영향을 끼친다. 읽어도 아무런 반향이 일어나지 않는다면 헛수고가 된다.

그래서 시인은 자신의 마음을 전달하려는 꾸준한 노력과 연구가 필요하다. 바로 독자의 마음을 움직이는 시를 써야 하기 때문이다.

독자의 마음을 움직이는 시는 어떤 시일까? 우리의 경험을 뒤져보면 "진실이 담겨 있는 글"이라고 대답하게 된다. 그런데 그 진실은 문자로 나타나지 않고 구호 속에 있지 않다. 그냥 향기처럼 은은하게 다가올 뿐이다. 진실은 생생한 문장, 구체적인 문장 속에서 살아나는 속삭임이 있다. 읽으면서 가슴이 뭉클하거나 깨달음을 주는 글이 그런 글이다.

인생사 새옹지마
음과 양 있는 세상
부조화 속에 조화
무질서 속에 질서
그 속에 잘 살아가는
세상 사는 이야기

꽃길이 있다지만
가시밭길도 있네
자라난 환경들이
제각기 다른 사람
만나서 잘 살아가는
우리들의 인생길
- 시조 「인생길」 전문

그의 시와 시조에는 항상 인생의 깨달음이 있다. 수많은 인연을 만나면서 추억이 생기고 그리움이 생겨난다. 그래서 그의 노래는 사랑의 연가다.

그대를 만나던 그날
첫 느낌이 왠지 좋았어
인연일까 운명일까
설레는 이 마음
말 못 하는 이 심정
너무 부끄러워
눈을 감아도 떠오르는 그 얼굴
보고 있어도 멀리 있어도
언제나 함께이지만
그날의 첫 느낌은
이내 가슴에
사랑의 꽃을 피웠어요
- 시「첫 느낌」전문

이 시 역시 강희 작곡가와 함께 노래로 만든 시다. 사랑의 노래요. 시가 음악을 끌어안은 연가다.

특별히 의도하지 않았는데 우연한 기회에 작가가 된 사람들은 많다. 이지아 시인도 마찬가지다. 우연한 기회에 친구의 소개로 글쓰기에 입문하면서 다양한 장르의 글쓰기에 도전하여 마침내 첫 시집을 발간하게 된 것이다. 시인은 책을 쓸 거라고 단 한 번도 상상해 본 적이

없었다. 그런데 어느날 정신을 차리고 보니, 글을 도저히 멈출 수 없게 된 것이다. 매일 매일 시를 쓰고 노래를 작사하고 심지어 노래를 부르게 된 것이다. 본인이 운영하는 미용실에 아예 노래방 기기를 설치하여 끊임없이 시를 쓰고 노래를 부르는 것이다.

파아란 하늘 향해
불어오는 잎샘 바람
양지 녘 언덕 위에
살포시 그린 그림
수 없이
가슴에 새긴
무지갯빛 사연들

예쁘게 수놓은 꿈
핑크빛 사랑으로
우연히 만난 운명
숙명의 인연 되어
소중한
그리움으로
가슴 속에 물들다
– 시조 「인연」 전문

시인은 오늘도 시로 노래로 마음의 그림을 그린다. 수 없이 가슴에 새긴 무지갯빛 사연들이다. 마치 운명처럼 인연을 만나듯이 시를 만났고 노래를 만난 것이다. 그

것은 이지아 시인의 꿈이 되었고 사랑이 되었고 운명이 되어버렸다. 그것이 마침내 소중한 인연으로 그리고 그리움으로 자리 잡게 된 것이다.

시를 읽는 즐거움은 어디서 비롯되는 것일까? 예쁜 시어들이 운율을 잘 타고 있어서 낭송하기 좋으면 즐거움을 줄까? 거창한 웅변으로 감동을 끌어내면 시를 읽는 즐거움이 더할까? 그럴 수도 있겠다만 운문의 짧은 글 속에서 그 문장의 열 배가 넘는 이야기를 읽어낼 수 있다면 그게 바로 시를 읽는 즐거움이 아닐까 싶다.

이지아 시인의 시집 『오봉산 아가씨』에서 그런 '발견'의 즐거움을 만난다. 시 속에 또 다른 속뜻인 '메타포'가 얼마나 들어가 있느냐에 따라 시가 어려워지기도 하고 때로는 미소 짓게 하기도 한다. 하지만 이지아의 시는 독자들의 미소를 짓게 만든다. 시인은 시어들이 품은 뜻을 '발견'하고 '공감'하는 즐거움을 마음껏 누리는 것이다.

눈보라 속에서
방울방울 맺힌 핑크 천사

힘겨운 겨울 이기고
당당히 피었구나

손대면 터질 것 같은
봄 처녀 설렌 가슴

연분홍색 사랑이
아롱아롱 맺혔네

아름다운 너를
사랑해도 되겠니
－시 「봄처녀 만나는 날」 전문

먼저 언급해야 할 것이 있는데, 엄밀히 따지면 이 시집에 들어있는 시와 시조다. 이 시의 표면만 보면 겨울이 나가고 피어난 꽃을 아름답게 봄 처녀로 형상화한 시다. 그런데 이러한 시인의 마음을 읽어낸다면 또 다른 그림이 보인다. '손대면 터질 것 같은 봄 처녀의 설렌 가슴'은 시인의 기억에 아름답게 남아있는 아름다운 추억이고 기다림이다. 그러다 보니 어느새 인생은 봄이요. 아름다운 성찰을 지닌 사랑의 고백이기도 하다. 시인은 여기서 멈추지 않는다. 시를 노랫말로 만들어서 직접 노래를 부르는 것이다.

결론적으로 작가의 삶은 문학의 재료이다. 자신의 삶을 차분히 관찰한 후에 경험한 그것을 차분히 묘사할 때 시가 되고 노래가 되는 것이다. 시가 음악을 끌어안은 연가를 노래하는 시인, 그 부족한 감성을 최대한 실현하고픈 가수로 활동하는 시인, 바로 이지아 시인이다. 그의 첫 시집 출간을 응원한다. 더불어 그의 아름다운 연가가 온 누리에 널리 퍼지길 소망한다.

■ 글벗시선 192 이지아 첫 시집

오봉산 아가씨

인 쇄 일 2023년 4월 3일
발 행 일 2023년 4월 3일
지 은 이 이 지 아
펴 낸 이 한 주 희
펴 낸 곳 도서출판 글벗
출판등록 2007. 10. 29(제406-2007-100호)
주 소 경기도 파주시 와석순환로 16,(야당동)
롯데캐슬파크타운 905동 1104호
홈페이지 http://guelbut.co.kr
E-mail juhee6305@hanmail.net
전화번호 031-957-1461
팩 스 031-957-7319
가 격 12,000원
I S B N 978-89-6533-250-3 04810

* 잘못된 책은 바꿔 드립니다.